うどん陣営の受難

津村記久子

その日は緑山さんの落選後の最初の金曜日だか土曜日だった。どちらか微妙だなと思うのは、アナウンスされた集まりの開始時間が二十三時だったからだ。私がよく顔を出している緑の会合は、夜型の人たちがかなり多いので、そのぐらいの時間に会合が開かれることがよくあった。家庭のある人は、定時後に帰って食事を作ったり子供を寝かしつけたりした後やってきて、家庭のない私のような人は、食事をしてうとうとした後に、また会社の会議室に出かける。

面倒なようだけれども、集まりはだいたい一時間半で終わるし、いつも運営のおごりでうどんが出るので、あまり不満には思わず出かけるようにしていた。集まりで食べるうどんはおいしい。議長の緑山さんの大学時代の友達の実家が、この近所で製麵所をやっているから、安くておいしいうどんを出してもらえるのだという話を聞いたことがある。

　会議室には、第一回投票の直前に集まったのと同じぐらいの人たちが来ていた。私たちは代表選で負けたし、もうばらばらになっていてもよかったのだが、緑山さんが会合に来てくれと熱心に呼びかけたから人が集まったようだった。私は、後ろの方の中ほどの列に席を見つけたので、立ったまま会議用のデスクにバッグを置いてその場所を確保し、うどんの配給の列へと向かった。列の二人先には、丸いニット帽をかぶった守衛の秋野さんがいて、声をかけると、やあこばちゃん、と振り向いた。

「かき揚げはもうないんだって」

「あー今日もか」

　私と秋野さんの間にいる、秋野さんと似たようなニットの丸い帽子をかぶった女性は、かき揚げはいつも二十個しか作らないからすぐ出ちゃうんだよ、と教えてくれる。

「そうなんですか、知らなかった」

「うどんを提供してくれる製麺所と自宅が近いの」

「へー」

話しているうちにすぐに秋野さんの番が来て、私たちはプラスチックの容器に入ったうどんをもらい、それぞれの席に戻った。お箸は家から持参だ。

会議室にいる人たちが、ざわざわととりとめもなく談笑している中、容器の半分ほどのうどんを夢中で食べた後、今日はどのぐらい現地採用の人がいるんだろうかと部屋を見回してみる。だいたい三分の一の人が丸い帽子をかぶっていた。帽子の人たちは、みんなこの時間帯は生き生きしている。現地採用の人たちと私たちは、身体的に何ら違いはないそうなのだが、やっぱり子供の頃から夜型の習慣があるのとないのとでは夜に対する適応能力に差があるのだろう。

私が勤務している社之杜社は、二十年前にこの土地にやってきて、地元にあった野乃花社を吸収合併した。地域の伝統的な丸い帽子をかぶっていて、主食がうどんで夜型の人たちのうち、二十年以上勤務している人たちは、どの人も野乃花社で働いていた人たちだ。穏当な買収だったのか、それとも敵対的なものだったのか、社員の間では今も意見が分かれるのだが、社員同士はとにかく協力し合って、特に分け隔てもなく働いている。現地採用の人たちは、もともと野乃花に勤めていた人たちと、合併後に採用された人たちを含めると、全社員の五分の一を占める。

先日、四年ごとの会社の代表を決める投票があった。この会合の議長である緑山さんは、四年前にも立候補して落選したのだが、今回はかなりいいところまでいって、得票率24%で三位という結果に終わった。一位の藍井戸には4%、二位の黄島には2%という僅差で、緑山さんは決選投票である第二回投票に進む権利を失った。

緑山さんは、この地方の出身ではないけれども、大学一年からの二十数年間をここで過ごし、現地採用の女性と結婚したため、野乃花の人たちの支持が厚い。十五年前まで社食になかったうどんを導入する運動をしたのも、緑山さんなのだという。緑山さんが権益を代弁しているのは、主に元野乃花の社員さんや現地採用の人々、また彼らのライフスタイルに共感する他の地域からやってきた社員、ライフスタイルに共感していなくても、減給や納得のいかない合理化、まだ実施はされていないが常に疑惑があるリストラに反対する末端から管理職までの社員、といった雑多な人たちだった。共通しているのは、給料を減らさないでくれ、ということと、人を減らさないでくれ、ということだった。リストラの候補に挙がるのは、常に吸収合併時に野乃花にいた社員さんたちだったが、そちらがまかり通ってしまったら我々だって安泰ではない、割れ窓理論と同じです、まずは会社に窓を割らせてはいけません、と緑山さんはよく言っていた。

会社の状況を考えると、「お金も人もどちらも」という考え方はあまり現実的ではないのはわかっている。けれども、はじめから諦めて抵抗しなければ、今の代表や次の代表のいいようにお給料も人員も削減されてしまうことも目に見えている。だから、藍井戸や黄島の支持者たちから「お花畑ども」と謗られているのは知っていても、私や他の人たちは緑山さんに投票した。

私自身はこの地域の出身ではないけれども、夜型でうどんが好きだし給料は減らされたくないし、自分や知り合いがリストラされるのは嫌だ、という理由で緑山さんを支持している。今日のうどんもおいしいので、また四年後がんばるか、と大して票を募る運動にも関わらないくせにのんきに思う。

うどんを食べ終わると、二列右斜め前の席から池田先輩が、こばちゃーん、と手を振ってくれたので、私も頭を下げて手を振り返す。池田先輩は、同じ部署の先輩だ。今の仕事を一から教えてくれた、忍耐強くていつも落ち着いているいい人だった。最近、飼っていたウサギのニコちゃんを亡くし、ものすごく落ち込んで休職した。そのため、集まりにも全然来なかったのだけれども、今日から復帰することにしたのかもしれない。

緑山さんが演壇の近くにやってきているのが見えたので、私は急いでうどんのプラスチック容器を返却に行く。席に戻るのと同時ぐらいにざわざわが静まって、緑山さんが話し始める。

「えーみなさん、先日は私の代表選を応援していただき、どうもありがとうございました」緑山さんがそう言って壇上から頭を下げると、まばらな拍手が始まり、それは時間を追うごとにだんだん確信的な密度の高い拍手になっていく。「拍手をありがとうございました。惜しくも選外という結果になってしまい、大変残念に思います。あとたった2%で、私たちの考えが二番目の多数を占め、決選投票に進めていたのかと思うと、悔しいと同時に、四年前よりも私たちに共感してくださる方が増えていることとに感謝の念が込み上げます。本当にどうもありがとうございます」

　また拍手が起こる。誰かが指笛を鳴らす。たぶん野乃花の人たちの誰かだと思う。そういうノリのいい人たちなのだ。

「負けたなら負けたで、また四年後を目指しますという話でよいのかもしれませんが、今回お集まりいただいたのは、四年後ではなく、これから実施される第二次投票について、皆さんに心に留めておいていただきたいことがあるからです」本題が始まりそうな雰囲気になってくる。今度は拍手は起こらなかった。「ご存じの通り、第二次投票に進む藍井戸氏は28%、黄島氏は26%と接戦になっております。彼らの自力だけでは、ほとんど当選の行方は見えないと言っても過言ではない状況になってまいりました」

　近くの誰かが、早くも詰めていた息を吐き出すのが聞こえる。緑山さんがこれから言うことを先取りして、そのことに拒否を示しているみたいに思える。私は特に反応はしなかったけれども、気持ちはわかる。

「そこで、我々という大きなリソースが、彼らのどちらに傾くかということが重要になってきます」

緑山さん以外は誰も話をしていなかった会議室は、にわかにざわっとし始める。おそらく、緑山さんが言っていることの意味がわかった上でめんどくさいと思う人たちの唸り声か、リソースって何？　我々はリソースだったの？　という疑問の声のどちらかだと思う。

緑山さんも、なんとなく後者の雰囲気がわかったのか、渋々ながらという態であけすけな言葉を口にする。

「藍井戸氏にとっても、黄島氏にとっても、我々は大きな票田なのです。今後、藍井戸氏、黄島氏、双方の支持者が、我々の支持を取り付けにやってくることが予想されます」

きけーん、棄権するよー、心配しないでー、という声が口々に聞こえる。私は、この団体のこういう適当な雰囲気が好きだけど、緑山さんが退くなり諦めるなりした後、果たして自分たちが他の代表を送り出せる集団なのかとも少しだけ疑問に思う。

緑山さんはいったん黙って、彼らのエールとも野次ともつかない言葉の一つ一つに軽くうなずいた後、再び話し始める。

「ここで、藍井戸氏と黄島氏の方針について整理しましょう」

私は一応、携帯のメモアプリを出して、これまで自分なりに藍井戸と黄島のやり方についてまとめてきたことを参照する。四年前に代表選に当選した藍井戸は、現在の会社の代表を務めている。私と同い年なので四十代前半だけれども、ずっと順調に出世してきたせいか末端の人間の気持ちを汲むことができない上、頭は堅くて、会社の業績悪化を補塡するには減給しかないと考えていて、給料減らすぞとずーっと言っている。しかしまだ実施はされていない。黄島氏は、二十四年前に代表だった母親の跡を継ぐ形で現れた人物だった。年齢は藍井戸よりは二、三歳下だと思う。野乃花社の吸収合併の際に、野乃花の社員さんたちをリストラしなかったことに懐疑的で、今の会社の閉塞感を打開するためには、野乃花の社員さんたちに退職を促し、改めて社之杜社としての一体性と結束を取り戻すことが肝要だと説く。そうすれば、残った社員は減給を免れることができるという。

控えめに言って、どっちもくそではある。緑山さんは、どっちもくそのくそたる点を淡々と整理したあと、もう一度、彼らが私たちの支持を取り付けにやってくる、ということを強調した。そしてまた上がった棄権するよぉ、との声に、今度は首を振った。

「私たちの得票率には及びませんでしたが、紫村氏が12%に達していたことはご存じですよね」

　緑山さんの言葉で、紫村のことを思い出すようにその場が静かになった。紫村は黄島の母親の側近だった人間で、野乃花の人たちを過剰に敵視している上、彼らの夜勤のための設備投資について、彼らの給料から三割を返還するように求める、という過激な方針を明らかにしている。紫村は、今会社が大変なのは野乃花の人たちを吸収してしまったからで、彼らさえいなくなれば、会社はまた元通りの隆盛を取り戻せる、減給もなくてすむ、と黄島以上にはっきり発言している過激な候補者で、当然支持者は多くはないのだが、それでも投票した人のうち、百人に十二人が紫村を支持していると思うとうんざりするものはある。

「紫村氏の支持者は、ほとんどが黄島氏支持に回ると見られています。そして得票率

10%を獲得した桃野原氏の支持者が、方針の似ている藍井戸氏の支持に回るとすると、ざっくり足して両者共に38%の支持があるということで拮抗します」

桃野原さんは、若くて穏健な中道派で、藍井戸の支持層から独立した一派だった。緑山さんとも言っていることは近いけれども、どちらかというと、社員よりは会社の利益を優先する考え方なので藍井戸寄りと言えなくもない。

「そういうわけで、藍井戸氏、黄島氏の両陣営は、私たちの次回投票での動きを注視せざるを得ないわけです」緑山さんは、次に言うことに備えるように、手元のグラスから水を飲んで少しの間うつむく。そして、また私たちをまっすぐに見て話を再開する。「棄権というのも一つの意思表示かもしれません。ですが、私たちに決断が委ねられている以上、それを放棄してしまうのは果たして倫理的なことなのであろうかとも思います。よろしければ皆さんには、より冷静な決断、より多くの社員の安定につながるような決断をしていただきたく思います。私からは以上です」

緑山さんはそう言って一礼し、ちょっと戸惑っているような拍手の中、壇上から降りていった。え、棄権する気満々だったんだけど、それじゃだめなわけ？　と前の列の帽子をかぶった女性と、同年代のそうじゃない女性がひそひそと話し合っていて、話しかけられたわけでもないのに私もうなずいてしまった。

その後、運営の今後の人事についての報告などがあって、集まりは一時間半で終わった。一時にはぎりぎり帰れる、寝付く前になんかドラマ一本ぐらいなら観れそうだ、と喜びつつも、緑山さんから決選投票の棄権を阻止するような発言があったのは複雑だった。

会議室にいた人たちと一緒にぞろぞろ会社を出ると雨が降っていて、私たちを待ち受けていた数人が駆け寄ってきて、傘のない人はいらっしゃいませんか？　返却不要です！　と呼びかけ始めた。私は持っていなかったのだけれども、あまりひどい雨でもないし、雨宿りしながら帰るつもりだったので、しつこく傘を押しつけてこようとする彼らを、いいです、いいです、と押し戻しながら会社の敷地を出た。

傘はビニール傘だったけれども、フチと持ち手が黄色で、いったい誰が私たちに傘を配るように差し向けたのかということは一目瞭然だった。半分ぐらいの人は、傘を渡そうとしてくる人々を避けるように離れたところを歩こうとしていたけれども、助かるー、と言いながら傘をもらっている人もいた。

明日の夕方、勉強会があるんですけれどもいらっしゃいませんか？　という勧誘の声も聞こえ始めた。私の隣を歩いていた、自分の傘を差している帽子の人が、軽く首を振っていた。方針についての誤解を解きたいんです！　野乃花の皆さん！　と黄島の運動員がよく通る声で言った。

「私たちと共に戦ってくださる方であれば、社内に残っていただくのは大歓迎です！」

じゃあ支持しない人間の権利はどうでもいいってことね、と先ほど首を振っていた帽子の人が呟いているのが聞こえた。

それでも、真新しい傘を開く音が背後からいくつも聞こえると、私は複雑な気持ちになった。

*

休み明けに出勤すると、届いているはずのパソコンが届いていなかったので、目に付いた部署の人全員に、私のパソコンが来ているはずなのだが知らないですかと問い合わせたのだけれども、みんな「よくわからない」とのことだった。

「朝いちに届けてもらえるはずだったんですけどね？」

「流通で何か問題があったのかな」

だいたいの人が、私をご愁傷様の目で見つつ、でもまあ早く話は終わらせたい、という様子だった。私は、すでに出勤している直属の上司である下田課長が席に戻るのを今か今かと待ちつつ、今日交換されるはずの元のパソコンを仕方なく立ち上げて、デスクの脇に積んである手描きの下描きや計算のメモ、これまで描いた図面を出力したものなどの当面必要な分を引き寄せて、イライラムカムカとログインの画面を待つ。

私のパソコンで私に与えられた業務をこなすことには大変な困難を伴います、なのでパソコンを新しくするか、手描きを許可してください、という意見書を出して一年になる。手描きの方が早いだろうという予想は、ますます堅いものになりつつあるのだが、社内の決まりで、図面はデータにしなければならない。私は手描きでそれなりにきれいな図面を描けるし、その図面で充分に現場が動くことは知っているので、締め切り優先で先に手描きで描いて、あとでパソコンの調子が良い時にまとめてデータの図面を描きますよ、と二倍の労働を申し出てみたりもしたのだけれども、上はまったく受け入れてくれず、「締め切りまでにパソコンで描いて」を頑として譲らない。

ようやくログイン画面まで来たものの、タスクバーに〈OSの更新をしますね〉という通知が来ていて吐きそうになる。仕事をさせてくれ。

仕方なく、更新したらいいよ、という指示を出してコーヒーを淹れに行くと、下田課長がサーバーの真横の棚にもたれて、フーという感じでくつろいでいたので、私はよりイライラする破目になる。

いつもなら回れ右をして、下田課長がその場から離れるのを待つところだが、その日は待っているパソコンが来ないということで、そういうワンクッションを置く余裕もなく、私は、すみませんね、と言って下田課長の横に割り込んで、自分のマグカップにどぼどぼコーヒーを注ぐ。おおすまんね小林君、という課長の言葉に、いいえ、何でもありませんよ、と私は礼儀正しく、しかしできるだけ無慈悲に聞こえるように答える。

「そういえば小林君は、緑山君の集会に参加しているそうだけれども、今回の結果を受けてどうだったのかね」

「どうって、なんでしょうか?」

「いや、言いにくいんだけど、緑山君の代表選の落選を受けて、支持者たちはどんな様子なのかね?」

雑な探りだなあ! と言いたくなるけれども、私はぐっと我慢して、コーヒーを口にする。まずい。苦い。濃い。

「まあ、落ち込みますよね」

「それだけかい?」

「それだけです」

そうかー、と下田課長はさしたる感慨もない様子でうなずく。〈緑山君〉と言うように、下田課長は緑山さんより年が上なだけではなく、入社当初は部署で上司と部下だったらしい。

そして下田課長は、けっこう堅固な藍井戸の支持者だ。支持者というか、藍井戸が代表している既存の勢力以外まともな集団はない、とふつうに思っている人で、緑山さんの集会に参加している私や池田先輩を、かなりの変わり者と見なしている節がある。それで差別をするというようなことはなかったけれども、まあ小林さんはちょっと変わってるからね、という一言で、私の主張を容易に跳ね返してしまうようなところはあった。

「決選投票もおそらく接戦だからね。ちょっとどうなるかわからないのがな」

「わからないんでしょうねぇ」

同意のようなことを言いつつ、問題を突き返すような言い方をしてみるのだけれども、下田課長はまったく動揺などはしていない様子だった。まあそういう人だ。のれんに腕押しというか。

「私の話をして良いでしょうか?」

「いいよ」

「今日来るはずの新しいパソコンが来ないんですよ」

つとめて怒っていることを出さないようにしてそう告げると、下田課長は、あーあれね、とやすやすとうなずいた。

「あの話ちょっと止まっちゃってね。小林君の要求するパソコンのスペックがやや高すぎるんじゃないかってことになって、近々備品管理部が聞き取りにやってくることになった。まあ会社の経営もすごくうまくいってるってわけじゃないからね。なかなか高額な備品の購入に関しては厳しくなってしまうところがあるのも理解してほしい」

はん！　と鼻を鳴らしかけたものの、私はあやういところでおさめた。そういう言いがかりか、と思う。そうやって聞き取りをしたところで、また上で話し合いがあって、言いがかりを付けられて、今の機械で我慢しろと言われるのは目に見えている。

下田課長から聞き取りの日時を聞いて、その場を離れることにする。来月だ。何が忙しいのかそんなに先なのも腹が立つ。私は社内で仕事をする上では、あまり緑山さんの支持者であることは出さないようにしてきたのだけれども、もはやこうなったら会合に参加している人たちの中から交渉がうまい人を連れてきて、オブザーバーとしてその聞き取りとやらを見守ってもらおうかと思う。

そういうわけで、みんなでうどんを食べている会合の様子を思い出す。守衛の秋野さん、かき揚げはすぐなくなると教えてくれた女性、池田先輩……。特に頼りになりそうな人はいないことに、喉がうっと詰まるのを覚える。けれども会合で出るうどんはおいしい。

特にだれも頼りにならない、でもうどんはおいしい、というよくわからない流れに慰められるのを感じながら自分の席にまずいコーヒーの入ったマグカップを置くと、パソコンのモニターに、ウイルスソフトが古くなっているというバナーが出ていることに気が付いて、マグカップを倒しそうになる。裏にどういう契約があるのか知らないけれども、全社でこれと決まっている、やたら更新というか世話を必要とするウイルスソフトだ。こいつが「やること思い出した！」と動くせいで、私の製図の仕事が中断することもしばしばだ。

クォーと弱々しく空気を吐き出して理不尽を噛みしめつつ、本当に仕方なく、私は今日の仕事の資料を整理したり確認したりする。結局、仕事にかかることができたのは、出勤から三十分後のことだった。

昼休みになり、午前中のストレスが少しでも緩和されることを願いながら、社食に行きませんか、と隣で仕事をしている池田先輩を誘うと、あ、ちょっと今日は別の部署の人と約束があるんだ、ごめんね、と告げられた。ちょっと悲しくはあるんだけれども、ごめんね、ほんとごめん、と何回も謝られるうちに、私は、いやそこまで悲しくはないんで、という気分になり、いいですからいいですから、と手を振って池田先輩を見送った。

一人で社食に行って、壁際のカウンターの席にバッグを置く。一人で来ている人がずらっと並んでいて、特に孤独は感じない。その日は豚キムチと野菜の味噌汁の定食を食べた。普通においしいし、最近食べられていなかった野菜を摂取できたので機嫌が良くなった。

あーまた昼から働くかなー、と思いながらお茶を飲んでいると、隣の席が空いて、入れ替わりに、総務課の生田(いくた)さんがやってきた。総務課は同じフロアの隣の島なので、どういう人がいるのかはなんとなく知っている。

「なんなんですかー、一人でごはん食べちゃって」

「生田さんもお一人なんですか？」

「いえ、私は自販機にカフェオレを買いに来たんですけど」

生田さんはカフェオレは持っていなかった。

「野菜をけっこう食べられて気分がいいんで、ちょっと日に当たってきますね」

そう言ってトレーを持って立ち上がると、いったん座ってしまった生田さんは、私を目で追ったあと、パソコンのこと聞いてましたよ！　と口にする。同じフロアだし島が近くだし、まあそういうこともあるだろう、と思いながらそちらを見ると、生田さんがにっこり笑って手招きの仕草をする。私は、こういう動作する人苦手だな、と思いながらも、一応話を聞くために椅子に座る。

「私の大学の先輩が、備品管理部の偉い人と通じてるんですよね」

「はあ」

「だから、頼んだらご希望のに取り替えられると思います」

「そうなんですか」

「じゃ、頼んでおきますね」

「いえ、やめてください」私は咄嗟に言い返す。その時はまったく意識できていなかったけれども、ほぼ本能と言ってもいいような反応だった。「私は合意していませんし、やめてください。絶対にやめてください」

生田さんは目を細めて、ほんの少しだけ馬鹿にするように私を見る。

「古いパソコンでいいんですか？」

「大丈夫です。私は私の知っているルートでパソコンを手に入れます。何年かかっても」

本当は、何年も待つなんて考えるだけでもいやだったけれども、この大して知らない人に勝手に話を進められるのは、親切であったとしてもなぜか耐えられなかった。真顔になっていた生田さんは、私の神経質な反応をいなすように一呼吸おいて笑って、耐えられなくなったらいつでも声をかけてくださいね、パソコンのこと、と言って席を立った。私は、生田さんが社食のホールを出ていくまで見守ったのだけれども、自販機でカフェオレを買っている様子はなかった。

少しの間、なぜ自分はあんな過剰な反応をしてしまったのだろうと、生田さんが使わなかった飲み物の自動販売機を眺めていたのだけれども、あの、という声が通路越しに聞こえてきたことで我に返った。丸い帽子をかぶった、少し前の緑の会合でかき揚げについて教えてくれた女性が湯呑みを手にして座っていた。

「あの、あれでいいと思うよ」

「はあ」

「私もちゃんと聞いてたから。あのままなあなあにしてパソコンを取り替えられちゃうと、たぶん黄島に投票しろって言われてたかもしれない」

かき揚げの女性は、ポケットから社員証を出して私に見せる。資料保存課主任の森原龍子さん。私が、主任さんですか、とうなずいていると、主任っていってもこの課私とパートで週三来てる女の子と二人だけなんだけどもね、と森原さんは説明する。

「生田さんは黄島の運動員なんですか？」

「わからない。ただ最近、ああやって社内環境に不満を持ってる人のところに、それを解決しますよってやってくる人が増えてるみたいなの」

私のところにも来たんだけど、と森原さんは話を続ける。森原さんとパートさんで仕事をしている時に、私ぐらいの年の男の人がやってきて、お二人だけでこんな膨大な資料を管理してお困りでないですか？ などとたずねてきたらしい。森原さんは、慣れてるんで大丈夫です、と答えた。しかしパートさんはアレルギー持ちで、古い資料をさわる時に体がかゆくなったりすることにちょっと困っているという。男の人は、最初は親身になってその話を聞いて、誰かに問い合わせるような素振りを見せていたものの、彼女がパートさんであることが話の中で判明すると、徐々に「まあ週三回の出勤ですしね」という方向に話を転換し始めたのだという。

「べつにこちらからしたら十五分ぐらい無駄になったっていう程度の話なんだけど、なんか変だと思ってその人の態度が変わった理由について考えてたの。パートさんは実はすごく美人だし、恩を売っておいて損はないと思うのよ。下世話な話かもしれないけど」

考えた末に森原さんは、パートさんには投票権がないからではないか？ という推論を出した。どうして森原さんがそんなふうに警戒するのかについても理由がある。

「実は、秋野ちゃんと交代で働いている夜番の人が、会合の帰りに傘をもらったそうなのね。返却不要だからって。それで月曜になって出勤すると、傘をくれた人がやってきて、あの傘は黄島からの寄付なんですよね、って言ったらしいのよ」

話しつつも、森原さんは時間を気にするように社食の壁掛け時計に視線をやる。私はうなずいて、じゃあまた、とか、気をつけます、と伝える。

「とにかく、取り引きを持ちかけられる兆候に注意して」

森原さんもそう言って、湯呑みを手に軽く会釈しながら社食を出ていった。私もトレーを返して、急いで自分の課のあるフロアへと戻った。

調子の悪いパソコンはまだそこにいて、普段あれほど憎たらしいはずなのに、その時はほっとした。そこに、席を外していた下田課長が、おそらくまずいコーヒーが入ったマグカップを手に戻ってきたので、私は昼休みのことを思い出しながら、勢いに任せて進言した。

「パソコンについての聞き取りは必ず受けます」

「うん。そうだろうね」

「だから、それまでに私のパソコンを取り替えようとする人がいても阻止してください」

「なんか心当たりがあるのかね？　まあいいよ」

「絶対にやめてくださいね」

たぶん、黄島の運動員がそうやって私の票を取り付けようとするかもしれないから、と言うと、下田課長ももっとシリアスに受け取ると思うのだけれども、今のところは生田さんが黄島の支持者かどうかはわからないので、とにかく強く言うことにとどめた。

「小林君」

「はい」

「なんか疲れてるのかね？」

「投票のことを考えてるんです」

「うん。支持してる人の落選はつらいね」

「それもありますが、決選投票のことです」

そう言うと、下田課長の鈍い目つきに、ほんの一瞬だけ光がさしたような気がした。

そこへ、まだ席に戻っていなかった池田先輩が、少し遅れて帰ってきて、すみません、ごめんなさい、と誰彼なしにあやまりながら席についた。池田先輩は、社外の店に食事に行っていたようで、きれいな正方形の紙袋を持っていた。

「それ、かわいいですね」

「うん。お茶をごちそうしてもらって。お土産ももらっちゃった」

三時になったら食べようね、と先輩は微笑んだ。私も笑い顔を作りながら、紙袋に印刷されている店の名前に目を凝らした。

＊

池田先輩のウサギが亡くなったのは、三か月前のことだった。ニコちゃんというメスのパンダウサギで、人間でいうと五十歳ぐらいだったのだが、遺伝性の病気で亡くなった。私は、池田先輩がちょっとした旅行に出る時は、ニコちゃんにとっておいしいエサとまずいエサを同量用意して置いておくと、二泊三日は外出できるという話が好きだった。ニコちゃんは、最初の日においしいエサだけをまず食べてしまって、次の日にごはんをもらえないとわかると、しぶしぶまずいエサを食べるということをするため、二晩空けてもなんとかなるそうだ。ニコちゃんは、テレビの前の座卓の向かって左側が定位置で、そこに池田先輩を訪ねてきた妹さんが座っていると、そこは自分の席だとつついてどかせようとするのだという。妹さんが右側に回ると、ニコちゃんはすっかり落ち着いて、二人の話を聞いていたのだそうだ。

ニコちゃんが亡くなって、池田先輩が本当に活力を失ってしまっているのを、私は近くで見ていた。出社はするし、仕事自体はちゃんとする。けれども、デスクでは手元のマグカップを何度か倒して資料を汚して平謝りしていたし（元々破損してたりするしべつに汚れてもいい資料なんだけど）、社食ではトレーを落っことしていた。いちばん心配だったのは、ある時、青信号で止まって赤信号で横断歩道を渡ろうとしているところを見かけたことだった。私は叫び声をあげながら池田先輩を歩道に引っ張って戻した。会社の近くのあまり車が通らない道路でのことだったのでよかったけれども、もっと交通量の多いところでこんなことが起こったらと考えたらぞっとする。

そういうわけで、池田先輩は一か月半休職することにした。私たちがやっている図面の仕事が少し落ち着いた時期を見計らってのことで、ニコちゃんが亡くなった直後の忙しい時期はきちんと出社していたのが、池田先輩らしいといえばらしかった。

引っ込み思案でもの静かだけれども、こちらから言えばちゃんと最後まで仕事の面倒を看てくれる。池田先輩はそういう人だった。職場の人たちも、緑の会合で一緒になる人たちも、みんな心配した。いろんな人が、お見舞いに行こうかなと迷いつつ、でもそういうことは望まない人なんじゃないか、とみんなが思い直して、〈しばらくゆっくりしてください〉という簡単なメモを入れた差し入れを送る程度にとどめた。私も何度か佃煮や味噌汁セットや車麩を贈った。ニコちゃんを失った池田先輩の落胆を思うと、「ゆっくりしてください」という以上のことは言えなかった。私の知っている人たちは、みんなそういうふうに、考えたあげく遠巻きに池田先輩を気にかけているつもりでいた。

特別なことではなく、前からわかっていたことだが、池田先輩の休職中に代表の投票についてのアナウンスがあった。「ありがとう。ゆっくりするよ」という内容の返信をしてくれていた池田先輩は、一度だけ「緑山さんに投票するよ」と返してきて、復職の一週間前だった投票日にも、投票所からの帰りに一緒になった。お茶に誘おうと思ったけれども、まだつらいのではないかと考え直して、いつも会社の帰りに別れていた道で、それじゃあ、ということになった。

その後、予定通り池田先輩は復職した。元通りに、とはいかなかったけれども、少なくともニコちゃんの体調を思って気が気じゃなかった頃よりはましになった様子だった。

それで今はというと、私が知らない別の部署の人と、ちょっと高い店にランチに行っておみやげをもらって帰ってきたりしている。いや店のこととか調べないけど。悪いから。私はただ紙袋を見ただけだけど、たぶんなんか高いところだっていうのは聞いたことがあるような気がする。

退社する時にも池田先輩は、今日は用事があるんだ、と言って、いつもとは違う方向に帰って行った。私は、それじゃあまた明日、お気を付けて、と言って池田先輩を見送った。池田先輩の行く先の最初の信号は赤で、先輩はちゃんと止まっていた。

次の日は、社内メールで本日急遽うどんすきをやることになったという連絡が入ってきた。緑の会合に出ている人がうどんをもらいすぎて余っているので、有志で消費しようということだった。会費は三百円。緑か藍か黄か、それともその他か、支持者は問わない様子だったけれども、おそらく緑の人が大半を占めそうな会だなと思った。私は晩ごはんを考えるのが面倒だったので参加しようと思った。

うどんすきのメール見ました？　とたずねると、うん、見たよ、と隣に座っている池田先輩はうなずいた。

「行きます？　私は予定ないし晩ごはん考えるのしんどいから行こうかなと思ってるんですけど」

「私も行きたいんだけど、予定があるからやめておくことにする」

楽しんできてね、と池田先輩は静かに笑って、その時食べていたグミを少し分けてくれた。私は、恋人でもできたのかしら、だったらいいんだけど、と余計なお世話なことを考えながら、「出席します」と返信した。

うどんすきの場所は、特に大きな集まりでない場合にいつも借りている公民館の小会議室で、十人ぐらいが集まっていた。昨日社食で話しかけられた森原さんと、一緒に働いているというパートの吉川さんも来ていた。うどんすきを主催する松谷さんという人は、吉川さんと一緒に暮らしている人だそうだ。松谷さんは丸い帽子をかぶっている。

最初は特に、緑山さんの落選の話や次の投票の話などはせず、ただの浅い知り合い同士のおっとりしたうどんすきだった。私は、パソコンがなかなか新しくならない、ということについて愚痴を言って、別の人が、自分のところのスキャナーもそろそろ十年物だ、とぼやいていた。近くにいた主催の松谷さんと吉川さんは、白菜が少ないなあ、失敗したなあ、と話し合っていた。

「そういやね、ウサギの人、池田さんね、少しは元気になった？」

「普通に出社はされてますし、仕事もちゃんとしてますけどねえ……」

森原さんにたずねられて、私はそう答えた。元気になったと断言できなかったのは、それでも自分の中に何か引っかかることがあったからかもしれない。本当にねえ、落ち込んでてねえ、かわいそうだったねえ、と誰かが言うのが聞こえる。

「本当に落ち込んでる人を見ると、なかなか踏み込めないですよね。物を送って、ゆっくりしてください、としか言えない」

自分が言ったのかと思ってしまうような発言を、自分以外の人がしているのを耳にして、他の誰かが、ほんとそう、とうなずいているのを聞く。

「落ち込んで大変だろうと思うんだけど、根掘り葉掘り聞くのもプライバシーをないがしろにしてるみたいだから良くないかもなって」

森原さんの声が聞こえる。考えちゃうよねー、だよねー、という発言が次々と聞こえる。そういえば、職場復帰してきた池田先輩が、本当にみんないろいろ送ってくれたから、と私にいくらか乾物をくれて、お返しを買いに行くのでよかったらついて来てほしい、と打診してきたことを思い出した。私は百貨店についていって、池田先輩が自分がもらったのと似たような乾物をたくさん買っているのを目撃した。私もちりめん山椒をもらった。

そこでずっとうどんすきの鍋を管理していた松谷さんが、ごめん、白菜買ってきます、やっぱり、と立ち上がった。

「鍋は吉川に任せますけど、家に包丁も取りに行かないといけないから、二十分ぐらいかかると思います」

あ、じゃあ白菜は私が買いに行きますよ、包丁だけ取ってきてください、と申し出ると、いいんですか？　と訊き返された。

「いいですよ」

「じゃあお願いします。念のためめんつゆもお願いします」

よほど焦っていたのか、お金は後で会費から払うんで、と拝まれるようにして送り出されて、私はいったんうどんすきを離れて近くのスーパーに行くことにした。

スーパーは公民館から徒歩二分の距離で、白菜とめんつゆはすぐに買えた。問題は、スーパーの斜め向かいにあるカフェから、池田先輩が出てきたことだった。薄い黄色の壁のおしゃれな平屋で、入ろうかなと前を通るたびにメニューを見て、高いからもっとつらい時にしよう、と諦めていた店だった。

池田先輩の後から、生田さんともう一人、知らない男の人が出てきた。池田先輩は、ごちそうでもしてもらったのか、何度も二人に頭を下げていた。生田さんも男の人も背が高くて、池田先輩がそんなふうにへこへこすると相対的に小さく見えた。

生田さんと男の人は、まだ池田先輩と離れるつもりはなかったのか、駐車場の方を示して池田先輩に何か言っていたけれども、池田先輩はますますへこへこしつつ、その誘いは断ったようで、顔の近くで控えめに手を振っていた。生田さんが池田先輩のところに戻ってきて、まだ誘っていたようだけれども、池田先輩は首を横に振って自分の家の方向を示して、またへこへこした。

遠目に、ほんの一瞬だけ、生田さんの顔から表情がなくなるのが見えて、私は、自分が車に乗るように言われたわけでもないのに、息が詰まって胸が痛くなるのを感じた。

池田先輩もその雰囲気を感じたのか、それまでよりもいっそう腰が低くなって、けれどもやはり手を振っていた。生田さんはまた笑顔に戻って、ようやく手を振って男の人と駐車場に入っていった。男の人が大きなはきはきした声で、それじゃあまた、というのが聞こえた。

池田先輩は、彼らが去った後、数秒の間その場でじっとしていて、それから我に返ったように早足でその場を後にした。

声をかければ良かったのかもしれないけれども、自分自身が駐車場に連れて行かれそうになったような気がして、動き出すことができなかった。私は、スーパーで買い物をしていた時間よりも、池田先輩を見守っていた時間の方が長かったことに気が付いて、公民館へと急いだ。

特に誰からも、遅かったじゃないの、などとは言われず、私はうどんすきに戻り、松谷さんは風のような早さで白菜を切って鍋に入れていた。野菜が必要な分だけ入ると鍋にアクセントがついて、もう少し食べられそうだとうれしくなったけれども、あまりその気持ちは長続きしなかった。どうしても、さっき見かけた池田先輩と生田さんと男の人の様子が頭の中に滞留していたからだ。

私は、前に自分と生田さんとのやりとりの場に居合わせた森原さんが近くにいたので、噂話のようになってしまうことに抵抗を感じつつ、自分がスーパーの帰りに見かけた光景について話をした。話を始めた時は、どの人もそれぞれに自分の話をしていたけれども、話が終わる頃には自分一人がしゃべっていたことが気まずかった。おそらく、それだけその場にいる人たちの興味を引く話だったのだろう。

怖い話ですね、吉川さんが静かに言った時に、そうか、自分は怖かったのだな、と気が付いた。そして、当事者として車に乗るように誘われたのであろう池田先輩はどんな気持ちだったのかと思った。

「私、子供が独立してから夫と離婚して一人暮らしなんだけど」森原さんが、考え考えという様子で口を開く。「会合に出るとたまーに、困ってませんか？　って訊いてくる人がいるのよ。困ってませんよ、って答えると、そうですか、って言いながら、なんとなく話を引き出すようなことをされる。夜は何をしてるのかとか訊かれて、旅番組を見てるって言うと、その話をできる人はいるのか、とか」

私はうどんすきに来ている人たちを見回す。森原さんが言う人物は、今日はいないようだった。

「ほんとそれだけなんだけど。でも、ウサギのニコちゃんが亡くなった時、そのことについても聞いて回ってたのよね、その人」

あー自分も訊かれましたね、それ、と松谷さんはうなずきながら、最後の白菜を鍋に入れる。

「自分は池田さんとは親しくないから、長年一緒に住んでいたウサギが亡くなってすごくつらそうだってことしか知らない、って言うと、それで充分だって言って肩を叩かれました」

設計部の茂野さんて人なんだけど、会合にはいたりいなかったりなんですよね、でもたぶん、会合が終わる頃にこっそりやってきて出席ってことにはしてて、帰り道でいろんな人に声かけるんですよ、と松谷さんは続けた。

「小林さんは何か訊かれたことはありますか?」

「うーん、どんな人かも知らないですね」

私は腕を組んで緑の会合に出ている時のことを思い出そうとする。しかし、今は満腹で思考能力が著しく下がっているため、いくら考えても、うどんがいつもおいしい、ということしか即座には思いつけないでいる。

でも、そういえば、会合の帰りに一人で三日分の鍋の材料を買い回っている時に、見覚えがあるようなないような、自分と同年代ぐらいの男の人から、ご家族の分ですか？　と訊かれたことはある。いえ、一人分の三日分です、と答えると、それはちょっと寂しいですね、と言われて、むかむかして、ちょっとあっちで今日の特価の豚バラの薄切りが売り切れそうなんで、と返して、私はその場を急いで立ち去ったのだった。

その話をすると、その場にいる人たちは首を傾げて、そういう感じなような、でもただの下手なナンパにも思えるんだけど……、とのろのろ疑問を呈したものの、結局結論は出なかった。

私が話した後も、うどんすきは一時間ほど続き、誰かが、観たいドラマがあるから帰る、と言い出したので、その流れでお開きになった。最後の時点で隣にいた人は、去年度から入社したという全然知らない三好さんという女性だったけれども、うどんうまかったですね、白菜足して正解でしたよね、などとめちゃくちゃ無難なことを言い合って和んだので、集まりに来ている人もいろいろだし、スーパーで声をかけてきた人が茂野って人だったとしてもいちいち覚えてないよな、と思いながら、後片付けを手伝った。

全員が公民館から出た後、帰っていく人たちのいちばん後ろから、何気なく人数を数えてみると、どうも一人多いような気がした。いや、最初に人数を数えたわけじゃないし、途中から来た人もいるし、途中で帰った人がいるのもわかっているのだけど、それでもなんだか少しだけ違和感があった。

終わりのほうに話をした、去年度入社の若い三好さんが前を歩いていた。三好さんは、最初からうどんすきにいたのか、それとも途中からか、もしくはいなかったのか判然としない人物と話をしていた。

「それは心細いね」その人物は男性だった。「研修で仲が良かった人が誰も近くの部署にいないっていうのは」

今の部署の人はもちろんよくしてくれるんですけど、いちばん年が近い人でも二十五歳年上なんですよねえ、と三好さんは話していた。それは心細いね、と三好さんが話している人物は繰り返した。私は、その人の顔を確認するために横に並ぼうとしたけれども、その瞬間にふと街灯が途切れて、次に明るくなった時には、三好さんは一人になっていた。

その二日後の朝〈良心ある社員様各位へ〉という件名で、ＢＣＣのメールが回ってきた。自分が良心を持っているかどうかは知らないけれども、一応来たからには読む権利があるだろう、とウイルスチェックをかけて開封してみると、伊勢海老（活）、神戸牛サーロイン、伊勢海老・蝦夷あわび鬼瓦焼き、フォアグラ、といったメニューの名前がずらずらと並んだメールが表示された。最後の行には、「計３５０００円（税込）」と記されていた。送信者によると、これらは社の代表の藍井戸が、前年度最後の会議後に、幹部たちと食べた食事のリストだという。その一昨日、三百円でうどんすきの会に参加した者からしたら途方もない上、カチンとくる数字ではあったのだが、私は魚介類が駄目なため、うらやましいのは神戸牛のサーロインだけだった。

それよりも誰がこれを送ってきたか気になる、と送信元に目を凝らしてみたのだが、ドメインは社内のもので、＠の左側は「ｎｅｋｏ－ｄａｉｓｕｋｉ」みたいな感じで誰のアドレスかはよくわからなかった。

うーんという苦しそうな声が聞こえてきたので、そちらを見ると下田課長が腕を組んで顔をしかめてモニターを見ていた。

「メールですか?」

「そうだね」

「これ、本当なんですか?」

「私は知らない。でも、年度の最後ならあり得るかもしれないね」

下田課長は、つとめて穏やかな声で言うのだけれども、動揺は隠し切れていなかった。しかし、下田課長の様子よりも気になることが起こった。

「ひどい話だなー」

隣から、池田先輩の小さな声が聞こえてきたのだった。私は、まあ、ひどい話ですよね、と同意することにする。

ひどい話ではあるのだけれども、私はとにかくこの情報をリークしてきた送信者が誰かを知らなければならないのではと思った。

＊

そりゃまーむかつくけどさ、こんなもんかって感じもするしなあ、と休憩所で一緒になった秋野さんは、「自分はこれがいちばん元気が出る」というメロンソーダを飲みながら、藍井戸の会食費用について感想を言った。

「娘の披露宴の食事の費用も二万円ぐらいだったしなあ」

「二万と三万五千円じゃかなり違いません？」

「えーもう二万超えたらうまいとかまずいとか正直わかんねーよな」

それから、こばちゃんが人生で食ったいちばん高いものってなに？　と秋野さんは唐突に訊いてくる。

「神戸で食べた神戸牛ですかね。二万ぐらい」

「やっぱり二万が限度なんじゃん」

秋野さんはそう指摘した後、おいしそうにメロンソーダを口にして、はーうま、と呟く。

「社員は気分的に二万の食事が上限で、自分たちは毎年三万五千円の会食してんのかっていうようにも思いますけれども」

今朝回ってきたメールについて、代表の藍井戸は昼いちで説明のメールを全社員に一斉送信した。曰く、会食の内容はあの通りだけれども、毎年の年度末だけだ、とのことで、私は、じゃあ年度末じゃない会食はいくらぐらいが相場なんでしょうか、と訊き返したかったけれども、そのことについては説明の義務はないと考えているようだった。

「この前のうどんすきの会費なんか三百円だったらしいね。孫預かんないとだったんで行けなくて残念だったわ」

「うまかったですよ、うどんすき」

私は、池田先輩が生田さんと男の人とカフェから出てきたことについても話をしそうになったけれども、長くなりそうだったのでやめた。たぶん、緑の会合に出ている他の誰かが話すんじゃないかと思った。緑の人たちは、わりとデリカシーとかプライバシーを重んじるわりに、総じて他のメンバーのことは気にしていて噂話もけっこうする。

「午後の前半の同じシフトに入ってる子がさ、いいもん食べやがってってむかつくけど、エビ嫌いだから今いちうらやましくないって複雑そうにしてたな」

「それは私も思いました」

「だからって社の代表みたいな人に、セルフうどんの店で年度末の打ち上げやってください よとも言えないしね」

「えらい人たちが年度末にセルフうどんの店で食事して、私たちの給料が上がるんなら歓迎ですよ」

「そういう節約の分給料が上がっても、社員の数考えたら年間で五百円ぐらいだろうなあ」

秋野さんの言うとおり、うちの会社はけっこう大きいのだった。年度末に会社の前で、はい、と五百円渡されるのであればけっこううれしいかもしれないけれども、給与明細に反映されるだけなのであれば、自分がどう思うのかはわからない。

それじゃあまたね、と秋野さんがその場から去っていったので、私も急いで乳酸菌飲料が入ったカップを空にして、自分の席に戻った。

職場のどの人も、メールが来た当初の午前中はざわざわもやもやしていたものの、十五時ともなると飽きてきたのか、特に誰も会食費のことにはふれなくなっていた。ただ、その日は忙しかったわけでもないのに、下田課長がけっこう遅くまで残っていた。わりとよく働く人だけれども、何もない時は定時ぴったりに帰る人だというのに。

どうして私が下田課長が残業していることに気付いたのかというと、会社の近くのうどん屋で夕食を食べていた時に、OSの更新プログラムをインストールするのを忘れたことを思い出したからだった。午後いちの通知を無視してパソコンを動かし続けていると、夕方には亀のように動きが遅くなったので、今日のうちに更新して、明日に備えたいと考えた。いつもの起動の遅さに更新プログラムのインストールが重なると、最悪午前が全部潰れる可能性さえある。

自分がなんでこんなにパソコンに気を遣わなければいけないのかということと、朝やってきた会食の内容のメールのことを同時に思い出すと腹が立ったけれども、フロア全体が消灯している中、自分の頭上の蛍光灯だけを点けて下田課長が熱心にモニターを覗き込んでいる様子を目撃すると、怒りがいったん引っ込んでしまった。

「何してるんですか?」

「ちょっとね」

これはたぶん答えてくれないだろうな、という口調で下田課長が言ったので、私は速やかに諦めて、更新プログラムの有無をチェックした。

あった。それもかなり重いやつが。なので私は「更新を反映してシャットダウン」という指示を出して、お先です、とその日は帰宅した。

そうやって居残りをしていた下田課長だったが、次の日の朝ももちろん遅刻などせずに普通に出勤していて、イヤホンをパソコンにつないで、険しい顔で何かを聴いていた。

目をつむっているので挨拶のしようがなかったけれども、とりあえず、おはようございます、と一礼して、パソコンの電源を入れていると、何かきりのいいところがきたのか、下田課長は目を開けてイヤホンを耳から外し、私に向かっておはようと会釈した。

「何を聴いてたんだと思っているね?」

「いや思ってはないんですけど……。うかがったほうがよろしいですかね?」

私がそう正直に言うと、まあ、始業までの短い間に聞ける限りでいいんだけどね、と言いながら、パソコンからＣＤを出して私に渡してきた。ＣＤの表面には、〈良心ある社員様各位へ〉とテープワープロで印刷されたシールが貼られている。うわ嫌な感じ、と思いつつも、あ、すみません、私のパソコンまだ使える状態じゃないんで、と自分も嫌な感じでいったんＣＤを返す。

「それじゃあ小林君イヤホン持ってるかね」

「持ってますよ」

「私のパソコンから聴いてくれたまえ」

デスクの引き出しからリモートで打ち合わせする用のイヤホンを出して、ピンの部分を下田課長に渡し、イヤーピースの部分を耳に突っ込む。

何かよほど不快な音声が聞こえてくるんだろうな、と心していると、女性が詰問するような声が聞こえてくる。

どうしてぼーっと突っ立ってられるの？　あなたの躾がなってないって恥をかくのは私なんだよ！

その後、はなをするような音と、本当に小さな、すみません、という言葉が聞こえる。こっちの声も女性だ。

しつけっていう言葉が発音されてるのを聞くの、四歳以来ぐらいかな……、と押し寄せてくるうんざり感と戦いながら、一応この話がどこに向かっていくのか聴き続けることにする。

申し訳ございません！ だよ！ こういう時は！ どういう教育されてきたの？ 私が教育しないといけないの？

そうすると、申し訳ございません、というやはり小さな声が聞こえる。気が滅入ってくるけれども、聞かなければいけないことのような気もしたので、そのまま聞き続ける。

怒っている人は、どうもあやまっている人が他部署の上役に粗相をしたということで怒っているようだった。あやまっている人が、その時は席を外していた怒っている人を訪ねてきた他部署の上役に、お茶を出したり話し相手にならなかったことについて、気が利かないと怒っていた。

それにしても、会社の中でのおそらく先輩と後輩の間で、躾だとか教育だとか粗相だとか、本当に胃が痛くなる。池田先輩が私に向かってそんな言葉を口にしたことは一度もないのに。というか下田課長もないし、他の先に入社した人たちからそんなことを言われたためしはない。

聞き入っているうちに、始業の時刻になっていたので、私は一度イヤーピースを耳から出して、九時なんですけど、と下田課長に言う。下田課長は、そうだね、と言ってマウスを操作して、おそらく音声を一時停止にする。

「なんなんですかこれ?」

「黄色の今期の書記長の社員が、新入社員を怒っている音声らしい」

「それでこの新入社員は藍井戸の会議に出てる子だったりするんですか?」

比較的若い社員は、代表の投票にはまったく興味がなかったりするので、念のため、という問いだったけれども、下田課長はうなずいた。

「うちの会議で去年会計をやっていた、私の後輩の娘さんなんだそうだ。この女性が怒っているのは、別の部署の黄色の幹部が自分を訪ねて来た時に、怒られている子の気が利かなかったからだよ」

「そうですか」

あやまっている女の子がかわいそうなのはわかるけれども、その音声がこうやって下田課長や私のところに届くことには、政治的な意図があるのだろうと思う。端的に言って、昨日の年末の会食メニューが社内メールで流出したことに対する仕返しなのだろうと思われる。けれども、メールの差出人がどの会合の人間かもわからないのに、こういうことをするのは拙速なんじゃないだろうか。

「音声のCDは回ってきたもんなんですか？」

「出社したらデスクの上に置いてあった。他の課の長にも何人か聞いてみたが、どの人のところにも配られていた」

「じゃあ昨日のメニューのメールと似たようなもんですね。このこと知ってました？」

「知らなかった。過激派の単独行動だね」

下田課長はそう言った後、深い溜め息をつく。藍の会議に所属する下田課長にとっても、このやり方は悪手に見えているんだということがなんとなくわかった。

藍の会議に出ている人は、既存の権威がだいたい落ち着くしその中でやりくりしていくわ、っていう保守的なタイプが多いと思っていたので、その中に〈過激派〉などと称される人々がいるとは意外だった。

「まあ、今の時代の会社員生活の中で〈しつけ〉はないですよ実際」

「私もないと思うよ。こういう社員が課にいたら問題にする。でも、こんな形で他部署にリークされることは感心できないね」

「怒られてる女の子は傷付くかもしれませんしね。本人の意志で流出したんでなければ」

私の言葉に、下田課長は悲しそうに無言でうなずいた後、やがてモニターを注視して仕事に戻る。

始業から十分ほどが経過してから、池田先輩がフロアの隅にあって自分の席からは遠い大判プロッタから、図面を抱えて戻ってきた。私は、下田課長に言って池田先輩にもCDの音声を聞いてもらうかどうか迷ったのだけれども、結局やめにした。なんというか、それはそれで他人をコントロールしようとすることに思えて、池田先輩を車に乗せようとしていた人たちのやっていることとあまり違わないような気もしたからだった。

高級な会食のメニューが流出したら、モラルハラスメントの様子を流出させる。特に今みたいな投票絡みの状況というものはそんなもんなのかもしれないけれども、私はそれはちょっといやだった。

もやもやした気持ちのまま午前中を過ごした後、社食に向かった。その日は鍋焼きうどん定食で、私も緑の会合に参加しているようなうどん好きの人たちも大好きだったので、社食は緑の人たちによる混雑が予想された。なので私は、十一時五十八分に用を足しに行くふりをして早めに自分の席を出発した。

しかし、他の人たちも似たようなことを考えていたらしく、社食は正午ジャストから激混みだった。なんとか鍋焼きうどんとちくわ天、とり天をトレーにセットして席に着くと、緑の会合で見知った人が周囲に大量にいて、やっぱりなという様子だった。

「こばちゃんはちくわ天ととり天かー。自分のはかき揚げと玉子天だよ」

「あーそれもいいっすねー」

右斜め前にいた秋野さんのお皿の上の、ちょっとだけ醬油がかかった玉子天は、訴求効果絶大だった。玉子天を追加しようかと、天ぷらが並んでいる厨房の前の棚を見遣ったけれども、人だかりができていてみな我先に好きな天ぷらを取っていたのですぐに諦めてしまった。

社食はいつもの二倍ぐらいはうるさかったし、緑の会合に出ている人もいつもの三倍はいた。そこに聞いたことのある女性の声が響きわたったのは、十二時二十分のことだった。

「お食事中申し訳ございません！　今朝配布されました音声について、説明に参りました！」

反射的に、肩がびくっと震えるのを感じた。普段の二倍うるさい社食で、マイクなしで声を張っているのは、出社後まもなく下田課長から聞かせてもらった、後輩を激しく叱責していた女性と同じ声の持ち主だった。

「大変、大変申し訳ございません！　私の弁明に、どうか耳を傾けてください！」

社食のうるささが、いつもと同じ程度に戻って、それすらもやがて静まっていくのを感じた。女性が、拡声器を使わずに必死に話していることで、逆に耳を傾けようという雰囲気が出来上がったのかもしれない。

「確かに！　私が！　音声データとして配布されていた叱責をしていた者です！　彼女には！　悪いことをした！　と存じております！　その後！　私は！　彼女にお詫びをしました！　〈あなたの心に完全に浸透する形で、目上の方への態度について教示できていなかった私が悪かった〉と！」

　いやいや、職場で心に完全に浸透する形での教示なんかされたくねえよ、もっと表面的なものでいいよ、と思いながらうどんをすすっていると、その人はきっとこちらを見た。さすがに身が竦むのを感じて、私は不本意ながら食事の手を止めてしまった。

「彼女も！　私の信念を理解してくれたと思います！　私は！　激しい叱責！　という手段自体を間違えたことを皆さんの前で認めます！　ですが！　それは！　信念に基づいてのあやまちでした！　私は！　私の信念の存在！　だけは、皆さんに弁明したく！　この場を！　お借りしました！」

彼女が〈信念〉と口にするたびに、周囲の空気がお互いに恐る恐る目配せし合うようにシリアスになっていくのを感じる。良心ある我々は、信念を持った人を邪険にすることはできない。

でも、と私は思う。〈信念〉はプラスに取られやすいが、実はニュートラルな言葉だ。悪い信念も、間違った信念も普通にある。

それでも誰かが拍手する。えーするか？ と私は思うのだけれども、それに他の誰かが続くと、拍手の波は少しずつ広がっていく。信念に基づいて後輩にモラハラをした女性は、目を見開いてじっと立っている。まさに信念だ。信念の権現だ。

私はなんとか拍手をしないように、無駄にトレーの上を整理したりして時間を稼いでいたのだけれども、申し訳程度なのか本気なのか、同じテーブルについている他の人たちが皆一応拍手をし始めたので、最後の方に三回ぐらい手を叩いてしまった。

信念の女性は、深々とお辞儀をして、まっすぐに背筋を伸ばして社食を出ていった。

私は、いったい誰が拍手を始めたのか気になったので、記憶を辿って最初に音が聞こえてきた方向に首を巡らしてみたのだけれども、疑惑の席は空席になっていた。けれども、その席のあるテーブルと隣のテーブルの間を、生田さんと思われる女性が足早に去っていくのが見えた。

それから急速に、社食は日常の雰囲気を取り戻し、他の人たちの話し声も聞こえるようになった。

「いやー、大した女性だね、こんなにたくさんの人間の前で間違いを認めるなんて」

斜め前に座っている秋野さんは、本当に何にも考えていない、という様子で言って、鍋焼きうどんのかまぼこをうまそうに食べた。

「マジでそう思います？　二日後にも思い出します？」

「えーそこまで言われるとわかんないな。でもまあ、本気だったんじゃない？」

出た。いいように取られやすい実はニュートラルな概念だ。ＳＮＳに書いてまとめでもつくってやろうか。信念。本気。……二つしか出てこない。

「熱烈指導ってわけですか」

あと熱烈指導もいけるか。

「ほんとばかばかしい」私の背後で、静かに、心底呆れたように誰かが言っているのが聞こえたので振り向くと、緑の会合でよく見かける葉村さんという若い男性が、隣に座っていると思われる森原さんに話しかけていた。「これ、醜聞の応酬ですよね。あんな謝罪は聞くに値しないのは当然として、あれを引き出すきっかけになった音声の流出の件だってひどいですよ」

森原さんは、そうかもしれないね、と迷っているようにうなずく。葉村さんはさらに言い募る。

「僕は投票を棄権しますよ。こんなことに関わりたくない」

葉村さんの言葉に、森原さんはかなり長いこと黙っていた後、でも、棄権だってどちらかの勢力の思う壺なんだよ、と静かに答える。

「私たちが、もう関わりたくないって思って投票に興味をなくすことを狙っている連中もいると思う」

葉村さんも、森原さんの話には長くコメントせずにいた後、考えておきます、と言い残し、椅子を引いて立ち去っていった。

わたしがいる方のテーブルにいる秋野さんも、じゃあこばちゃんまたねー、と立ち上がったので、試しに、さっきの人、どこの人か知ってます？　とたずねてみた。

「え、どこの出身かは知らない」

「じゃなくて、勢力っていうか、どの候補を支援してるかっていうか」

「え、知らない。どこか教えてもらったほうがいいかな？」

「いやいや、気にしないでください」

昼休みも残り少なくなっていたので、私は秋野さんを解放して、鍋焼きうどんの残りを急いでかきこんだ。〈信念〉の女性は、秋野さんに良い印象は与えたが、投票につなげるほどのものだったかというと疑問があるようだった。

職場に帰ってお茶を淹れに行くと、下田課長が流しでお弁当の空き箱を洗っていて、回れ右をしようとしたら、小林君ちょっと、と声をかけられた。

「なんでしょう？」

「昨日私は残業してただろう？」

「してましたね」

「あれは実は、会食メニューの流出元のアドレスがどの社員のものか調べてたんだが」

「はあ」

下田課長によると、今でこそ@の左側の部分は社員自身の名前で統一されることになったが、実は二十年前までは、好きに作って良かったのだという。「neko-daisuki」は、おそらくその頃に作られたアドレスなのではないかと下田課長は推測して、メールアドレスを好きに設定できていた当時の全社員のアドレスを確認して、「neko-daisuki」が誰なのかを突き止めた。昨日残業して、今さっき。

「退職者のメールアドレスだった」

「退職者のアドレス使えるゆるさなんとかなりませんかねこの会社」

「当時、黄色の運動員だった人のだよ」

「それはそれは……」

でももはや、下田課長か誰か、藍の会議にいる人が年末の藍井戸の会食メニューのことについて弁明しようにも、誰も興味がないような気がした。どんな事実が判明しても、ふうんと流されてしまうような。しかし、事実に興味はなくても、漠然とした印象の悪さはつきまとう。それこそ、社食に突然やってきて、大声で演説するような賭けに出ない限りは。

「朝、音声データが配られてきた人のことなんですけれども、社食にやってきて弁明の演説してましたよ、さっき」

「そうか。鍋焼きうどん定食で、緑の人がたくさんいるとふんだからだろうな」

「なんか、そんなふうに聞くとバカにされてますね、私たち……」

「うん」

下田課長はうなずいて、少しの間フォローの言葉を探しているように私の横にある壁を見ていたけれども、結局思いつかなかったのか、お湯は沸いてるからね、と無難なことを言ってその場を後にした。

＊

週明けに出社すると、《社内健全化のためのリーフレット》という冊子がデスクに置かれていた。ちゃんと前もって印刷会社に頼んだのであろう、安っぽくないやつだ。

ざっと目を通したところ、内容は、黄島に投票して黄色の運動が実権を握ると、このように会社は良くなります、というもので、大部分の紙面では、社員それぞれが使っている道具などを更新するとか、古くなった社屋を建て替えるとか、給料を上げるとか、社員のプライド／誇りを強化するとかといったことが説明されていて、最後の方で、財源として「現地採用の休止」「野乃花社出身の高齢の社員の段階的なリタイア支援」が記されていた。リーフレットの記事を書いた人物は、その施策を「組織のスリム化！」と称している。「休止」は事実上の廃止、「リタイア支援」は退職を迫ることをおそらく意味している。そして「スリム化」は、過去の合併先である野乃花社や、それにまつわる人員をできるだけ追い出して人件費を削減するということだ。

私は違う場所で採用されたし、野乃花社とはまったく縁のない人間だけれども、これを言い渡されたら元野乃花の人たちはどう感じるだろうかと思った。仕方ないなあもう引退するか、と思うのだろうか。そういう人もいないことはないかもしれないけれども、定年でないなら時期は自分で決めたいのではないだろうか。

携帯のメッセージアプリには、伝言ゲームのように、知り合いの社員からどんどん悪口が流れてきた。藍井戸のも黄島のも同じぐらいの量が。どの人も「こういう内容のがやってきたんだけど」だとか「こう言われてるけどよく考えないとね」というように、ある程度は冷静なように見えたけれども、何分の一かの人は感化されるんだろうなと思いながら、私はメッセージを受け取っていた。

既存の権力ではない側の特権として、反藍井戸のデモのようなものも、会社の敷地で定時後間もない時間帯に行われるようになっていた。社則では、〈集会の自由〉の項目に「業務時間外の集会、デモ活動などは禁止するものではない」とある。所詮会社の中でのデモ、と思われるかもしれないけれども、間違いなく五十人以上、もしかしたら百人いたし、そのぐらいの人たちが元気に、堂々と、藍井戸の社内施策について批判しながら、社員としての誇りの復権を訴えている様子を眺めていると、自分はこの会社の社員であることに特に何の感情もなく、ただ業務内容と給料がギリギリ兼ね合ってるから働いてるだけだけれども、本当はそういう抽象的なものに心を砕くべきなのか、と少しは思えてくる。

そして端的に、元気で堂々としている集団の主張に対して「負けるかも」とも思えてくる。私は藍井戸とは関係がない人間なので、負けるも何もないのだけれども。主義はおいといて「とにかく負ける側にはいたくない」という人たちの敏感な気持ちには、社内デモの勢いは確実に訴えるものがあるように思える。

定時の一時間前に、森原さんから連絡があって、秋野ちゃんがうどんすきに参加できなかった埋め合わせにちょっとだけ集まりたいって言ってきたんだけど来ますか？とのことだった。私は、家に帰って会社のことを忘れたいのか、それとも会社の人と会社の今後について少しでも言葉を交わしたいのか迷ったあげく、後者を選んだ。

特に誰かのうどんが余ったというわけではなかったので、近所の夜も営業している大きなうどん屋の奥の座敷に、参加したい人が集まるだけ、という会だった。セルフうどんの店で、天ぷらはそんなにいいのがなかったし、牛肉も売り切れで傷心だったが、家で一人で会社のことを忘れよう忘れようとしているよりはいいのかなと思った。その時店にいたのは、「タダでうどんが食べられるから」という理由で緑の会合に出席している感じの人が大半だったけれども、モラハラ音声が出回った日に社食で「醜聞の応酬だ」と怒っていた若い葉村さんもいた。

本当にただ自腹でうどんを食べながら話しているだけの会だったけれども、誰かがデモの話を始めて、見た見た、なんかすごかった、という声が上がった。

「自分は緑山さんの当選のためにあんなことできるかなあって思う」

「まあ、みんなでやれば怖くないし、楽しいんじゃないですか?」

「それもそうか、次やってみようか」

じゃあ俺太鼓やるー、という秋野さんに、それじゃチンドン屋になっちゃうよ、と森原さんが言い返す。それもいいかもしれない。

「でも、デモができるのは今のうちかもしれませんよね。ダジャレじゃないんですけど」

森原さんと一緒に働いている吉川さんが言うと、その場にいる人たちは、そのことについて考え込むように、少し静かになった。秋野さんは、でも、デモ……、と難しい顔を作って呟いてみている。早々にうどんを食べ終わった様子の葉村さんは、その日配布されたリーフレットを持ってきていて、難しい顔で目を通しながら、本当にそうなるかもしれません、と言う。

「この、実施予定の施策の最後の方に、その他で括られて〈社内治安の強化〉〈不要な社則の撤廃〉っていうのが小さく書いてあるんですよ。今は集会の自由があって放置されてるけど、それが撤廃されて禁止される可能性もあります。この集まってうどん食べてるのも集会になりますよね?」

「え、まさか! こんなにゆるいのに?」

思わずそう言ってしまうと、森原さんは、確かに、集会というんなら集会かもね……、来てる人みんな緑山さんの支持者だし、とうつむく。

「いやうどん食べてるだけじゃん。困るよ!」

「デモをするまでもないけど、デモの印象についての話はしてますしね。完全にプライベートな会話というわけでもないでしょう」

「ちょっとちょっと葉村ちゃん、どっちの味方なんだよー」

鍋焼きうどん定食の日には、黄色の書記長の女性が演説にやってきたのを「大した女性だね」なんて言っていた秋野さんだが、それ以上に気心が知れた人とうどんを食べることが大切なのか、けっこう取り乱した様子を見せる。

私は秋野さんに、うどんぐらいは食べられるでしょうよ、と言おうとしたけれども、傍らに置いたバッグの中で携帯がブッと音を立てるのを聞きつけてやめてしまう。バッグをのぞき込んで少しだけ確認すると、池田先輩から伝言が入ったとのことだった。そういえば、こういう集まりに池田先輩が現れなくなって久しい気がする。緑山さんが落選した後の会合には何とか出ていたけれども、とにかく食事をしながら喋ったりする場では姿を見かけなくなった。休職中はもちろんだし、復帰してからも一度もないし、休職前もしばらくの間はニコちゃんが心配で出社する以外の外出は控えていたし、みんな気を遣って強く誘ったりはしなかった。

池田先輩とは毎日職場で顔を合わせるし、仕事のことでも私的なことでも、何かやりとりしたいことがあれば会社で話しているため、携帯に連絡がくることはめったになかったから、いったいどうしたんだろうと思う。ついでに時計を見ると、もういい時間だったので、そろそろ帰りますわ、と声をかけると、そうだね、私も帰ろうかな、明日の録画のためにハードディスク空けないといけないし、と森原さんも身支度を始めて、集まりはお開きになった。

秋野さんは不安そうに、投票がどんな結果になってもさー、とにかくうどんは食おうよー、と言っていて、森原さんに、わかったから、ちゃんと考えようよ、と諭されていた。

ぞろぞろとうどん屋を出てから、私は前のうどんすきの会でも感じたように、どうもほんの少しだけ人が増えているという違和感を覚えた。誰かが、店を出ると同時に、帰る人々の集まりの中に入ってきたのだ。私は、うどん屋で話した人、話さなかったけれども見かけたことを覚えている人を一人ずつ思い出しながら、帰宅する人たちの数を数えて、誰がうどん屋にいなかったかを突き止めた。

一人で歩いていた若い葉村さんに近付いていこうとしていたその人物に、私は声をかけた。

「茂野さんですよね」

茂野さんは、私の方を振り返って、なんですか？　とたずねてきた。街灯の逆光で陰になっているけれども、目を凝らすと、顔ぐらいは知っている人のように思えてくる。

「スーパーで声をかけられたことがあります。覚えてらっしゃらないでしょうか？」

「覚えてませんね。忙しいから」

私は、緑の会合でも、こういう食事会でも、以前はもっとよく茂野さんを見かけていたことを思い出す。最後に見かけたのは、茂野さんが池田先輩と話していた時のことだ。集まりの隅で何か話し込んでいた。ニコちゃんの体調が思わしくなくなりかけていた頃で、池田先輩は、目立ってそうなっているわけではないが、ときどき一人で消沈していた。

「池田先輩が飼っていたウサギが亡くなったこと、誰かに言いました？」

私がそう言うと、茂野さんは、知らないよ、と肩をすくめて、家に帰ろうとする人たちの固まりから離れていった。

それなりに遅い時間に家に帰ってうがい手洗いをし、部屋着に着替えると、私は携帯を通勤用のバッグから出してきて、池田先輩の伝言を聞くことにした。

〈こんばんは。少しだけ小林さんと話をしたくなってお電話差し上げました。仕事のことじゃなくて、ほんともう雑談なんで、お気になさらないでください。でも話せたらすごくうれしいです。それでは〉

携帯から耳を離して時計の部分を見ると、二十一時半を回ったところだったのだが、私は、本当に少しだけなら大丈夫だろうか、と思いながら、池田先輩に電話をかけることにした。

池田先輩とはすぐに話すことができた。

「こんばんは」

「こんばんは。秋野さんたちとうどんを食べに行ってて、折り返しが遅くなりましてすみません」

「そっか。私も行けば良かったな」

「無理しなくていいですよ」

ニコちゃんのことからも回復していらっしゃらないでしょうし、と私は頭の中だけで付け加える。

「緑の人はみんなそう言ってくれるよね」池田先輩が軽く笑う声が聞こえた。「すごくありがたい。みんな適当なようでいてデリカシーがあるんだよね」

言われてみるとそうかもしれない。腫れ物にさわるように、と言ったら池田先輩に悪いのだけれども、実際、卵をそろそろと運ぶように池田先輩を扱ってきた。誰も彼も、「つらかったよね。休んでていいからね」という態度だった。

「ほんとに優しいと思う。そうやっていろんな人に尊重してもらってるのに、自分自身はなんか考えるのが面倒になって、もう誰かが指図してくれたらいいのになって考えるのはわがままだよね」

直接何の話をしているかについては、池田先輩は示さないけれども、なぜ池田先輩がこのところ黄色の運動員たちと一緒にいたりしたのかということについて説明されたような気がした。

「そういう時もあるんじゃないでしょうか」

としか私は言えなかった。池田先輩は、そうね、と小さく同意しただけだった。

「代表の選挙あるじゃない?」

「はい」

「こばちゃんは誰に投票するか決めた？　投票自体する？」

「そうですねー。投票はすると思います。どっちもいやだけど。棄権しても誰かが得をすると思うとやっぱり自分の思う方にしてやろうと思いますね」

「誰っていうか、どっちかっていう話になってきてると思うけど、それは具体的に藍井戸代表と黄島さんどっちなんだろう？」

「それは……」

自分で考えるしかない。単純に、投票の時点でもう片方より支持者がいる方が勝つ。それでその人たちが、確実に被ると考えている利益が、会社の全員にとっての利益であるかどうかは定かではない。

「それも誰かに決めて欲しいと思うんだけど、自分で考えるしかないんだね」

「そうですね」

「もう疲れちゃってて、そんなこと考えたくないんだけど、って関係なくなりたいんだけど、そのことはそのことで意図的にもくろんでる人がいるってことだね」

「だと思います」

池田先輩の溜め息が聞こえる。ニコちゃんが亡くなってつらくて疲れ切ってる時に、周りの人はただただ遠巻きに優しく、そのことに「物足りない」に近い感情を感じながら、それは悪いと思いつつ、やっぱり誰かにいろいろ決めて欲しいと思っているぐらい疲れている。そういう流れを想像すると、池田先輩の不安のようなものが伝わってくるような気がした。

「私はほんと、なんも役に立つことは言えないんですけど、今の状況を面倒だからってやり過ごして、なるようになれって放り出してしまったら、それはそれで自分自身は後悔するかなと思って」

私がそう言うと、池田先輩は少しの間黙っていた後、そっか、ありがとう、と言った。

話ができて良かった、安心した、また明日、と池田先輩は電話を切った。私はしばらく、まったくもってベストとはほど遠い対応だった、と首を傾げながら、携帯を通勤用のバッグに戻しに行って、温かいお茶を一杯だけ飲んで寝ることにした。

＊

それから、期日前投票の期間が始まった。代表を決める投票日は、毎回土曜日と決まっているのだけれども、その日に外せない予定や仕事が入っている人は、その前の水木金の退社後に期日前投票ができることになっていた。

その前の数日は、自分たちの課はなぜかとても忙しくて、緑の会合に出ている人たちと話すこともほとんどなかったし、職場で確実に顔を合わせる先輩とは、ほとんど仕事の話しかしなくなっていたので、それぞれの候補を推す人々による悪口や賛美がどれだけ回ってきても、はたして会社の代表を決める投票なんて本当にあるのかという雰囲気になっていたのだが、社食や廊下で、期日前投票に行ってきた、と誰かが口にしているのを何度か耳にしたので、やはり実際に行われているのだった。

池田先輩からは、電話で話して以来少しすっきりしたような印象を受けた。私が何か役に立つことを言ったとは思えないのだが、誰かに不安を話すことはやっぱり、一人で抱え込んでいるよりはいいのかもしれない。仕事には支障らしい支障はなく、むしろ私が池田先輩にいくつかの仕事を手助けしてもらった。

期日前投票の最後の日である金曜日に、私は池田先輩と社食に行ってうどん定食を食べた。午前中が大変だったので、あたたかい食事がとてもありがたくて、池田先輩と私はほとんど話もせずに食べた。

昼休みが終わるぎりぎりまで社食にいて、お茶を飲みながら、池田先輩は静かに話し始めた。

「投票日、一緒に行きましょうって生田さんたちに言われてたんだけれども、ウサギのお墓参りに行くから行けない、って言ったんだよね。実はまだお墓ないんだけど」

「そうですか」

「誰に入れたかはもちろんわかっちゃうわけじゃないけど、一緒に行くとどうしても気を遣って、意図に沿うようなことをしてしまいそうだったからね」

「そうなんですね」

だったら良かったと思う。誰に投票するにしろ、棄権するにしろ、池田先輩はそれを自分で決める権利がある。私が考えていいようなことではないかもしれないけれども、ニコちゃんの死去のこともあるし、特に今回は、池田先輩は精神的な負担が少ない道筋を選んでいいんじゃないかと思った。

社食から職場へと戻る階段の踊り場で、どこからか現れた生田さんと、前にカフェの駐車場で池田先輩を車に乗せようとしていた男が、斜め後ろから自分たちの様子を窺っていることに気が付いた。階段を上がり切ると自分たちが仕事をしているフロアだというところで、池田さん、少しいいですか？　と生田さんが後ろから声をかけてくるのが聞こえた。

「期日前投票のことですか？」

「いえいえ。ただ退社後に少しお話したいなって思って」池田先輩が振り向いてたずねると、生田さんは手を振りながら笑って答えた。「池田さん自身も気付いていないかもしれませんが、充分話せてないんじゃないかって。私たち、いくらでも聞きますよ」

そんなもんは池田先輩自身で決めることだろう！　と反論してしまいそうになるのを押しとどめて、私は、すみません、すみません、申し訳ないんですけれども、と話に入ることにした。

「私がですね、今日池田先輩に聞いてほしい話がありまして」生田さんと男が、なんだこいつ、という冷たい目つきで見てくる。私はまあそれなりに傷付くのだけれども、この人たちは数分後には自分には関係ない人間だし、と自分に言い聞かせて耐える。

「池田先輩にしか聞いてもらえない話なんですよね。下田課長のことで」

ほら共通の上司なんで、部下である自分たちにしかわからないことがあるじゃないですか、と私は続ける。実は、私は自分を下田課長の「部下」だと見なしたことはこの時までなかった。普段はどういう認識かというと、おそらく「課員」というのが適当だろう。下田課長は管理職にすぎない。

「ちょっともうね、腹に据えかねてまして」私は考え考え続ける。上司に関して何か文句を言えとなって、すぐには出てこないのはいいことなんだろうか。「コーヒーを飲み過ぎなんですよね、あの人。なくなると嫌味言ってくるしね。もう自分で買えっていう話ですよ。私だって忙しいんですよ。決裁も遅いし」

下田課長がコーヒーを消費する量は、他の課員である私たちとそんなに変わらないのでそれは嘘だが、決裁が遅いのは本当だ。

「下田課長がコーヒー飲むせいで、私ほんともう一日に何回ポットの水入れ替えてるんだろうって思うんですよ。もう図面を描くために会社に来ているのか、お湯を沸かしに来てるのかわからないぐらいですよ。これはもう腹に据えかねましてね」

腹に据えかねる、なんていう普段使わない言葉を二回も使ってしまった。しかしこれで、私がどれだけ怒っていて池田先輩に話を聞いてもらうことを必要としているか、生田さんたちに伝わったら幸いだ。

さらに下田課長についての苦情を思案していると、生田さんの肩越しに、コンビニのコーヒーの紙カップを持って階段を上がってくる下田課長が見えて、やばい、と焦ったのだが、下田課長は私に向かって二度うなずき、紙カップを生田さんがいない側に隠すようにして、職場があるフロアへと上がっていった。

それからすぐにチャイムが鳴り、仕事が積んでるんで、と池田先輩は生田さんともう一人の男に向かって会釈して、私も、そういうわけなんで！　と勢いだけを見せつけて、その場を離れた。

午後からも私たちは忙しく、昼休みの終わりのほうに起こったことについてコメントする人間は誰もいなかった。ただ、下田課長は何らかの気を遣っているのか、やたらコーヒーを飲んでやたらトイレに行っていた。私も、自分で発言したとおり、ポットの中のお湯がなくなるたびに、黙々と水を補給していた。

定時の三十分前に、藍井戸の社内施策について簡単にまとめたPDFが添付された社内メールが入ってきた。黄島も藍井戸も、これまでも何度か、施策についての説明のメールやPDFを、段階を踏んで簡単にして送ってきていたのだが、その時の内容は、これまででもいちばんわかりやすかった。

〈社員全員の皆さんの進退について、私どもは完全に自発的なものとします（※定年と重大な社則違反については除きます）。雇用されている限り、この会社で働くか働かないかについてはご自分で決めてください〉

その内容は、藍井戸現代表からのメッセージとして記されていた。その下に、読み込む人向けにずらずらと、備品の決裁を一段階省略するとか、ボーナスは現状に加えて五千円のビール券を支給するとか、社食の定食を日替わりに限り百円値下げするとか、駅から会社へのシャトルバスを増便するといった、あまり夢のないことが並んでいた。ただ、夢がない分実現はしそうだと思った。

その日は一時間残業したのだが、私が帰る時、池田先輩はまだ自分のパソコンの前にいた。手伝えることありますか？　とたずねると、もう少しだし、ちょっとないかも、先に帰ってくれていいよ、とのことだった。

「期日前投票は夜の八時までなんで、誰か誘いにきたりしませんかね？」

「いやーどうだろうな」先輩はフロアを見回して、別の課や係に何人か他にも残っている人がいることを確認して、最後に、私たちが描いた図面の最終確認の作業をしている下田課長に視線を遣る。「そんなにおおっぴらに何か言いにきたりするのは難しそうなんで、大丈夫だと思うよ」

「そうですか」

下田課長がそれなりに熱心な藍井戸の支持者なのは黄島の運動員にも知られているはずなので、まあ下田課長が残ってくれるなら大丈夫か、と私もその時は思った。

「私もゆっくり確認して八時過ぎに会社を出る予定だから、小林君は帰ってくれてもいいと思うよ」

顔を上げた下田課長が、珍しく私と池田先輩の話に入ってきて意見を言ったこともあって、私は、それでは、と退社することにした。

普段だったら、いやいや、と居残ったかもしれないけれども、その日は無性にチゲうどんが食べたくて、豚バラが売り切れやしないかということばかり考えていたのだった。近所のスーパーは、金曜日に豚肉が少し安くなる。そのせいで、他の日よりも豚肉を買う競争率が高いのだ。私は別にいつもの価格でも買うから私の方がいいお客さんなのになんで金曜日に豚肉が食べたい時はこんなにはらはらしないといけないんだ、と不当に思いもするのだが、そういうものなので仕方がなかった。

そういうわけで私はその日、池田先輩より早く帰った。スーパーに直行して、豚バラは無事買えたのだが、キムチ鍋の素で作るのか、でもコチュジャンを使いたい気もすると迷ったり、いつも買っているトイレットペーパーが売り切れていたので、別のを買って帰るかまた入荷するのを待つか考え込んだり、冷凍食品の売場のレイアウトが変わっていて、いつも買っているアイスモナカの場所がわからなくなったりしているうちに、湯水のごとく退社後の貴重な時間が消費されて、気が付いたらスーパーを出た時刻は七時半を回っていた。

迷いまくって時間を浪費した自分に怒りつつ、この調子だと帰って手洗いうがいをして部屋着に着替える頃合いは八時十分ぐらいで、それからなんとか一時間以内に食事をすませて、十時までには風呂に入ろう、などと計画を立てつつ、早足で歩道を歩いていたところ、前方に、やはり早足で歩いている池田先輩を発見した。

あれ、まだ八時になってないんだけど、帰ることにしたのか、と見ていると、車道の端をすーっと走ってきたワゴン車が池田先輩を少し追い越したところで停まった。ワゴン車からは生田さんと、見たことのない四人の男女が出てきて、池田先輩の前に立ちふさがった。

うわあまた現れた……、とおののきながら、声をかけようとしたのだけれども、さすがに人数が多いことに恐れを成してしまった。男女は、遠目にもニコニコしながらワゴン車を指さしていて、その当たり前のにこやかさが、私には怖く感じられた。

すぐ近くの路地には、うどん屋がいくつかあったので、私は咄嗟に目に入った店の戸を開けて知り合いを探した。いくら緑の会合の人たちがうどん好きとはいえ、そんなに簡単には見つからなかったし、お店の人やお客の呆気にとられたような視線が痛かったけれども、三軒目で、丸い帽子をかぶった秋野さんを見つけて、ちょっと来てください！　緊急事態なんですよ！　ここのお金私が出しますから！　と店から引っ張り出した。

え、どうしたの、なんかあったの、とお箸を持ったままの秋野さんを連れて歩道に出ると、生田さんと一緒に車から出てきた女性の一人が、優しく笑いながら池田先輩の上腕にさわろうとしているところだった。

「うどんを食べにいく約束してたじゃないですか！　お忘れでしたか？」

私は池田先輩のところへ駆け寄り、そう大声を出した。池田先輩は驚いた顔で振り向き、黄島の運動員たちは真顔になった。

いやわしさっき食べてたけどな……、と呟く秋野さんを肘で突くと、事態の異様さを察したのか、そうだ、あったね、約束！　と大きくうなずいた。

「そういうことなんで、行きましょう」

私はとにかく池田先輩と秋野さん以外を見ないようにして、うどん屋が軒を連ねる路地の方向を指さすと、そうね、そうだった、忘れてた、と池田先輩は我に返ったような大きな声で言って、そのまま、じゃあ、と回れ右をしてその場を離れた。

それから、池田先輩と秋野さんと私は、秋野さんがいたうどん屋に戻って、無言で時計を気にしながら十数分を過ごした。店の壁掛け時計が八時を過ぎると、池田先輩も私も溜め息をついた。

「なんだったのあれ？　なんとなくわかるけど」

「今からでも間に合うから期日前投票に行こうっていう誘いですよ」

秋野さんの問いに答えた池田先輩は、うどんを食べる気力がないのか、単品で注文した豚汁の椀から力なく具を食べた後、湯呑みからあたたかいお茶を飲んだ。それから溜め息をついて、私の方を見ながら続けた。

「本当に期日前投票が終わる時刻まで会社にいようとしたんだけれども、ウサギのお墓のことで、急ですけど今日の夜八時に打ち合わせできませんか、って業者さんから連絡が入ってきて、次は来週末だっていうから、早く済ませたいなって思って会社を出ちゃったんだよ」

そう説明した後、うかつだった、申し訳ない、と池田先輩は付け加えた。いや、少しはうかつだったかもしれないけれども、そもそもそんな用心をしないといけないこと自体変だろ、と私は思ったので、いやいや、気にしないで休んでくださいと短く言った。

「それでお墓の話はどうするんですか？」

「今日はだめだったから来週かなあ。早くちゃんとしたところに眠らせてあげたいんだけど」

今はアパートのテレビの隣にお骨を置いてて、ちょっとうるさい番組見る時とかかわいそうで、と池田先輩は続けた。

閉店までまだ少し時間があったので、私はおにぎりとお吸い物を注文して、その場にいる人たちに振る舞うことにした。秋野さんは、おー、ここのおにぎり初めてなんだよな、と喜んでいた。

「明日投票行った後さあ、みんなで集まってうどん食べられないかな」

秋野さんの言うみんな、というのははっきりしないのだが、顔ぶれはなんとなく浮かんできた。池田先輩の方を見ると、投票は行くよ、と言った。

「どっちっていうのもないから俺はやだけどねー。でも仕方ないか」

「一応、知り合いの人たちで迎えに行きますよ」

「悪いなあ」

池田先輩は何度か頭を下げた後、なんか安心したらうどん食べたくなってきた、と月見うどんを注文していた。

店を出たのは閉店と同時だった。約束したとおり、秋野さんの分の代金を出すと、いやー悪いね、今度おごるから、と秋野さんは言っていた。

念のため秋野さんと自分で池田先輩を送ってから、私は帰宅した。顔を洗いながら、スーパーで肉やアイスを買っていたことを思い出して、まだ間に合いそうな豚肉を急いで冷蔵庫に入れ、もう再冷凍してもだめだろうな、というアイスモナカを流しに置いた。少しさわっただけでも、袋の中でアイスモナカがぶよぶよになっていることがわかった。

いろいろあったしアイスが溶けたことはすごく腹立たしいけど、とにかく池田先輩が秋野さんと一緒にいるところを見るとなんとなく安心したのだった。ニコちゃんの死や、池田先輩の休職や、代表選出をめぐるこの騒動の前にはそんなに珍しいことでもなかったのに、普通であることはなんと失われやすく貴重なのか、と柄にもなく思った。それこそ本当にこの、中身が溶けてしまったアイスモナカのように。

*

次の日の昼過ぎに、私は森原さんや秋野さんや葉村さんと池田先輩を迎えに行き、投票所になっている会社の会議室に向かった。投票は、渡された紙に会社の代表として支持する候補者の名前を書いて、箱に入れてあっけなく終わった。

それからうどんを食べに行って、とにかく終わった、という話をした。

「結果って週明けじゃないですか、国とか自治体の集計ってだいたいその日に終わるのになんでだろう」

「まあ、こっちは企業だし、集計にかける人数が違うんだろうねえ」

池田先輩は、葉村さんの文句にそう答えた。食事は陽が落ちる前には終わって、いつもの休みより早い時間に夕食が終わっているという状態で帰宅した。途中でアイスモナカを買って昨日の埋め合わせをするのは忘れなかった。

しばらくテレビを見ながらぼーっとして、日が変わると風呂に入って寝て、起きたら日曜日の夕方だった。ものすごくよく寝た。会社の代表選出の投票をめぐる一連のいろんなことで、思ったより疲れていたのかもしれない。

弁当でも買いに行こうと思いながらぐずぐずしていると、葉村さんからメッセージが入っていた。誰かが流出させた、モラルハラスメント事案の音声の被害者側の若い女性が話している動画のリンクを、このタイミングで送ってきたようで、「見るならできるだけ早めに見て、寝る前には見ない方がいいです。いろいろ考えてしまうから」という、やたら具体的なアドバイスが付記されていた。

気が重かったけれども、食後や月曜日に見るよりは今見るほうがましな気がしたので、そのまま再生することにした。

「辞表を書きます。そして月曜日に提出する予定です。先輩には確かにあやまっていただきました。そしてその後は特に支障なく仕事をしています。けれども、あやまられても、自分が遭遇したことの記憶は消えませんし、どうしたらよいのかわからなくなってきました。このわからなさにとらわれているよりは、もう環境を変えてしまったほうが良いと思いました」

私は、ひどい詰問をされていた彼女の顔を初めて見た。そろえた前髪に肩までの髪の、普通の若い女の子だった。彼女の語り口は淡々としていて丁寧で、躾だとか教育だとか粗相という言葉は特に過(よ)ぎらなかった。あくまで動画だけの印象としては。

「自分の知らないところで音声が流出して、いろんな人に慰めていただいたり励ましていただいたりしたことはすごくありがたいと思っていて、とても感謝しているんですが、一方で、恥ずかしい、後ろめたい気持ちもあります。時にはそれが、励ましてもらえてうれしいという気持ちを上回ることもあります。仕事をしながらその状況を克服できそうにないので、だから、やめようと思います」

それから、話を聞いてくださってどうもありがとうございました、お騒がせして申し訳ありませんでした、と彼女は一礼して、動画は終わった。

なんとも言えない気持ちだった。謝罪をしてもらおうと、起こった出来事は起こった出来事で、以前と同じ形で修復されることはないし、「恥ずかしい」だなんていう新しく厄介な感情を生むのだということはわかった。

なんとなく、一人きりで抱え込みたくない所感だったので、特段親しくもなかったけれども、葉村さんにメッセージで伝えてみた。それから弁当を買いに行くための身支度をしていると、コートの袖に腕を通したところで返事が来た。

実は彼女とは同期なんです。モラハラに関する彼女の相談はあれ以前から同期の間であって、音声を録音してみたらと言ったのは僕です。そしてそれを共有し合っていたのですが、音声を受け取った同期の誰かが流出させるという判断をしました。

判断をしました、という言葉が、妙に重く残った。「流出させてしまいました」ではなく「流出させるという判断をしました」。これは、彼女の苦しみを、藍井戸への投票を促すために利用することにしました、と言い換えられなくもないだろうか。黄色の幹部だという彼女の先輩は、社食で演説を行うことで、そのことを逆に機会にしてしまい、傷付いた彼女だけが残された。

　明日、どんな結果になっても、緑山さんには次もがんばって代表に立候補してもらったほうがいい、と思った。緑山さんは、施策の中にモラルハラスメントの根絶を掲げているけれども、それをもっと強力に打ち出すべきだと、自分も発言してみようと思った。

　いろいろ責任を感じると思うけど、だめだったのはとにかくこういう怒り方をした彼女の先輩なので、と葉村さんに送った後、私は弁当を買いに出かけた。

　それを食べるとすぐに風呂に入って、また寝てしまった。休みがほとんど寝ることに費やされてしまって、私はつくづく、代表選出の投票という出来事そのものを恨んだ。

　次の日、会社に行くと、正面玄関のあるホールに、大きなキャスター式のホワイトボードが設置されていて、そこには「投票の結果、次期代表は藍井戸芳夫（よしお）に決定しました」と書かれた、Ａ１幅の大きな紙が貼り出されていた。私は深い溜め息をついて、職場のあるフロアに向かった。

とにかく終わった。しばらくは落ち着いて仕事ができることが、なんだか懐かしく思えた。

*

次の週末、ウサギのニコちゃんのささやかなお別れ会が開かれた。ニコちゃんがどこに埋葬されるかが決まったからだった。

場所は、池田先輩が絡まれていた期日前投票の最終日に、私が加勢を求めて飛び込んで秋野さんを引っ張ってきたあのうどん屋だった。緑の会合で見かけるうどんの好きな顔触れがなんとなく十数人集まり、二時間貸し切りで、参加者の飲食代は全部自分が持つと池田先輩は言い張ったものの、全員が「お香典代わり」と称して自腹を切ると言い出したので、結局よくある集まりと変わらない雰囲気の会になった。

お別れ会をやろうと決めたことについて池田先輩は、以下のように言っていた。

「べつにウサギが亡くなったことをみんなに悲しんでほしいとか、そういうんじゃないんだよ。ただ、自分が落ち込んでた時から決選投票まで、いろんな人に支えられたし助けられたなって思って。そのことについて、なんかちょっとまとまったお礼ができたらいいなって。でも、〈お礼を言います〉なんて大々的に宣言する柄じゃないから、お別れ会に付き合ってもらうみたいな形にできたらいいなって思って」

そうですか、と私はうなずいて、手伝えることがあればやりますよ、と言うと、池田先輩はちょっと考えて、うどん屋を借り切るだけだから特にないな、と答えた。

投票後の平日の五日間は、私や池田先輩も含めて、なぜかみんないつもより忙しく、知り合いと社食で顔を合わせても、仕事残してるから、とか、昼寝するから、といった理由ですぐにいなくなってしまうことが続いていたので、集まった人たちは話したいことがたくさんあるらしく、賑やかだった。

「とにかく、落ち着いて仕事ができるのはいいよね」

森原さんは、よほどそのことがありがたいのか、何度もそう言っていた。私も同じ気分だった。

「あんなイレギュラーで不穏なことが続くぐらいなら、仕事が忙しいほうがまだましですよね」

残業は一時間までに限りますけど、と付け加えると、森原さんと一緒に資料保存課で働いている吉川さんは、ほんとそうですね、と深くうなずいていた。

「でも、お祭が終わったみたいでちょっと寂しいような気もするんだよな」

秋野さんはそう言って、けれども周囲の人々の雰囲気を察したのか、いや、ほんのちょっとだけだよ？　と付け加えた。悪気はないのは見るからにそうだったので、特に誰も反論したりはせず、まあ、いつもの仕事だって退屈だったり面倒だったりするしね、と誰かが言うのが聞こえた。

「黄島はもう四年後の投票に向けて動き出してますよ」面倒なことを言ったのは葉村さんだった。「さっそく、勉強会の誘いが自分のアカウントに来てましたから。三十歳までの社員が対象で、ＤＪとかも呼ぶんですって」

葉村さんは、自分の携帯を取り出して、周りの人にどんなお知らせが来たのか見せ始める。

「行くの？」

「自分はただのうどん大好き人間なんで行きません」

若くてはきはきしていて、あまり緑の会合では見かけないタイプの葉村さんが、なぜ私たちと知り合いなのかがやっとわかった。うどんが好きだったのだ。

「私はもう、生田さんと擦れ違っても無視されるようになったよ」

「そうなんだ」

池田先輩の言葉に、森原さんがうなずいていた。

「めちゃくちゃ陰口言われてるかもしれないけど、仕事がまったく関係ないのはよかったな」

そう言った後、池田先輩は、心が弱ってた時期と投票に関係する期間が重なって、ご心配をおかけしました、と、少し身を乗り出して、その場にいる全員に向けて軽く頭を下げた。すると口々に、べつになにも、なにもしてないですよ、という言葉が飛び交い、秋野さんは、え、池ちゃん弱ってたんだ？　知らなかった、と驚いていた。

投票後、なんか変わりましたか？　前と体制一緒だけど、と近くにいた人にたずねてみると、入社して一年ちょっとの三好さんが、バスの本数が増えて、会社に行くのも駅に行くのも便利になったと言い出した。

「あとは社食の日替わり定食の値下げと、なんでしたっけ？」

「備品の決裁の一段階省略と、ボーナスの時にビール券くれるっていうのかな」

私がたずねると、森原さんがそう答えてくれる。誰かが、ほんとしけてますよね、と言うと、社歴の長い森原さんは、今の業績はまあ、中の下ってぐらいだからね、と言う。

やっぱり藍井戸が代表の状態だと、本当にほんのちょっとの変化しかなくて、ちゃんと考えてんのかおまえらという気分にはなる。それで死ぬほど苦労するということもないのだけれども、未来が少しでも明るいという感じはほとんどない。

秋野さんはおととい、職場から家に戻る緑山さんに話しかけたのだという。

「次、出るんですか？ って訊いたらさ、考えます、って」

この集まりのことも言ったらしい。緑山さんは、池田先輩がウサギを飼っていることは知っていたのだが、亡くなったとは知らなかったので、たいそう驚いて残念がっていたそうだ。今日は現場監督の仕事が長引くので来られないとのことだったけれども、何か手伝えることがあったら言ってほしい、と池田先輩に伝えておいてくれ、とのことだった。池田先輩は少し考えて、ないね、今のところは、と答えた。

「緑山さんも普通に仕事があるし、次出たらもう三回目だからね。それはそれでしんどいだろうから、無理強いはできないけどね」

森原さんがそう言うと、秋野さんは、葉村ちゃんが出ればいいんだよ、若いし、五回は余裕で出られるよ、と急に立候補を勧める。いやですよ、と葉村さんは顔をしかめた。

「自分はいいです。とにかく次は、緑山さんをもっと応援しようと思います。出てくれるんならね」

次は四年後だが、そもそも自分はこの会社にいるのだろうか、自分がいたとしても、ここにいる人がどれだけいるのだろうかとも思うのだけれども、池田先輩が、何か吹っ切れたように、今回うだうだしてた埋め合わせもしたいし、頑張るよ、と言ったので、私はつられてうなずいた。

何の見通しも立っていなかったけれども、池田先輩はたぶん会社にいて、今宣言したとおり、緑山さんか、他に立候補することになった誰かのために頑張るのだろうということは確かな気がしたので、少しほっとした。

＊

ニコちゃんのお別れ会があった次の週の半ばに、ようやく私の新しいパソコンがやってきた。下田課長から予告されていた備品管理部による聞き取りもなく、思ったよりもスムーズな展開だった。もともと一年待たされたあげくストップがかかったという流れを考えると、スムーズと思えるのは何かマヒしているかもしれないのだけれども。

昼休みが終わってすぐに、業者の人が運び込んできたダンボールを、私は一応うきうきと開封してみたのだが、やってきたパソコンの本体やらモニターやらキーボードやらを見ているうちに、次第にうわついた気持ちが減少していくのを感じた。

説明書を読むと、スペックは申し分なかった。私が注文したとおりだ。だからそれでよかったのだが、これ、自宅用に買ったやつなら、もしかしたら取り替えてくれって言ったかもな……、という特徴を、そのパソコンは備えていた。

お持ちするやつね、えらい探し回って、会社から言われてる予算と折り合いつくのをなんとか発見したんですよ、と備品管理部の人は、今し方そのパソコンを見つけたばかりの、汗でも拭きながら呼吸を整えているような早口で、内線越しに言ってきた。確かに、よく探してくれたというのは事実かもしれない。良いスペックではあるけれども、おそらく店頭や通販で売れ残って、どこかの倉庫に眠っていた機械なのだろう。

私は、これまで使っていた本体とモニターとキーボードを床に下ろし、粛々とダンボール箱の中身をデスクの上に設置していく。下田課長が、おっという声を上げ、席から立ち上がって見に来る。

「新しいパソコンだね」

「はい」

「なんというか、奥深い色だね」

「はい」

「沼のような……」

それ以上は言わないでくれ。パソコンが入ってきた箱には〈ダークグリーン〉という表記がある。落ち着いた色と言うといいように思えるけれども、見ていると心が沈んでくるような重たい色ではある。私は、ちょっと側溝のことを思い出して、頭から打ち消す。

「小林君が熱心に緑の会合に出ている人だってことが伝わったんだろうね。これで一目瞭然で緑の支援者だってわかるし」

下田課長は私を励ますように言うけれども、私は熱心な支援者などではない。会合にはうどんを食べに行っているだけだ。

池田先輩は、キャスター付きの椅子を少し後ろに動かして、私の新しいパソコンをじっと見ながら、何か考えてくれている様子だった。

「深い緑色だね」

「はい」

「鯉とか亀のステッカー貼ったら、明るくなるかも」

鯉と亀かあ。どっちもまあ、普通かなあ。

「私はうどんのステッカー贈るよ」

下田課長はそう言って席に戻り、マウスを操作し始めた。仕事をしているのか、うどんのステッカーを探しているのかはわからない。池田先輩が、あ、私もうどんのステッカーほしいです、と手を挙げる。下田課長は、うむとうなずく。

私は、いったんコーヒーを淹れることにする。給湯室から戻ってきたら、このパソコンも違うように見えるかもしれない。マグカップを持って席を立つと、ひとりでに溜め息が出たけれども、ようやく、投票にまつわる混乱が終わって、しょうもないが落ち着いた日常が戻ってきた、という気もした。

こんな日々のためにあんな大騒ぎを、また四年後にやるんだと思うとどんよりする。このしょうもない落ち着きの裏には、まず緑山さんを応援していた私たちの落胆があり、ウサギを喪(うしな)った池田先輩の悲しみ、そして怒鳴られていた女の子の嘆きがある。このしばらくの間に話した人々の顔を一人一人思い出しながら顔をしかめ、私は新しいパソコンを起動した。

ISBN:978-4-910207-83-4 C0093 定価（本体900円＋税）

◎津村 記久子（つむら・きくこ）
一九七八年大阪市生まれ。二〇〇五年「マンイーター」（のちに『君は永遠にそいつらより若い』に改題）で第二十一回太宰治賞。二〇〇九年「ポトスライムの舟」で第一四〇回芥川賞、二〇一六年『この世にたやすい仕事はない』で芸術選奨新人賞、二〇一九年『ディス・イズ・ザ・デイ』でサッカー本大賞など。他著作に『ミュージック・ブレス・ユー!!』『ワーカーズ・ダイジェスト』『サキの忘れ物』『つまらない住宅地のすべての家』『現代生活独習ノート』『やりなおし世界文学』『水車小屋のネネ』などがある。

【初出】
本書は、U-NEXTオリジナル書籍として書き下ろされ、二〇二三年五月一九日に刊行された電子書籍を、紙の書籍としたものです。
また、この物語はフィクションであり、実在する団体・人物等とは一切関係がありません。

うどん陣営の受難
二〇二三年七月七日　初版第一刷発行
二〇二三年八月二五日　第二刷発行
◎著者＝津村記久子
◎装画＝大河紀　◎ブックデザイン＝森敬太（合同会社飛ぶ教室）　◎編集＝寺谷栄人　◎発行者＝マイケル・ステイリー　◎発行所＝株式会社U-NEXT／〒一四一・〇〇二一　東京都品川区上大崎三・一・一　目黒セントラルスクエア／電話＝〇三・六七四一・四四二二（編集部）／〇五〇・三五三八・三二一二（受注専用）
◎印刷所＝シナノ印刷株式会社